평일의 비행

평일의 비행

라유경 소설집

청색종이

차례

평일의 비행

라유경 소설집

육교 산책   007

평일의 비행   035

평론 | 낯선 순간과 파국, 깨달음 뒤 계속되는 삶 — 김지윤   063

육교 산책

조금 전까지 내린 비로 시멘트 바닥이 까맣게 젖어 있었다. 손으로 머리카락에 묻은 물기를 털어냈다. 물기 묻은 손바닥을 코에 살짝 가져다 댔다. 비릿한 비 냄새가 코끝에서 맴돌았다. 꼭 집 천장에서 새던 빗물 냄새 같았다.

하필 내가 집에서 나오는 시간에 천둥 번개와 함께 폭우가 쏟아졌다. 지하철을 타고 회사에 도착하니 거짓말처럼 비가 그쳤다. 티셔츠와 바지, 샌들이 몽땅 젖어 찝찝했다. 나는 회사 정문 앞에 서서 가방에서 손수건을 꺼내 가방과 옷에 묻은 빗물을 닦았다.

"여기가 강남구 도산대로2길 63 맞죠?"

문 앞에 오토바이를 세운 퀵서비스맨이 나를 보며 물

었다.

"저는 잘 모르는데요."

"여기 직원 아니에요?"

헬멧을 벗지 않은 채 말하는 퀵서비스맨의 목소리가 웅웅거리며 들렸다. 두 손으로 커다란 박스를 든 퀵서비스맨이 건물 안으로 들어가더니 경비원에게 재차 주소를 물었다.

삼 년째 다니는 회사였지만 나는 여전히 주소를 외우지 못했다. 입사 이후 바로 바뀐 도로명 때문일까. 내가 맡은 업무에서는 회사 주소를 암기해야 할 일은 거의 없었다. 무언가를 배달시키거나 우편물을 보내는 일은 가장 연차가 낮은 L씨가 담당했다. 출퇴근하는 길만 알면 충분했다. 그저 늘 가던 길 그대로 몸의 움직임을 따라가다 보면 어느새 목적지에 도달해 있었다. 생각해보면 나는 집 주소도 최근에서야 겨우 외웠다. 일 년 넘게 살았는데도 말이다. 이사를 앞두고 부동산에 다니면서 인터넷으로 검색하지 않고도 집 주소를 기억해낼 수 있었다.

내가 유일하게 외우고 있는 주소는 SNS뿐이었다. 전 남자친구의 SNS 계정 주소. 얼마 전 무심코 이름을 검색해서 찾은 계정이다. 오늘도 나는 전 남자친구의 SNS 계정으로 들어가 그가 바로 어젯밤에 올린 사진을 들여다보았다. 의미 없는 습관이었다.

전 남자친구 K는 대학 동아리 선배로, 스무 살 때부터 졸업할 때까지 내내 함께했다. 광고 동아리였던 우리는 서로 같은 꿈을 꾸었다. 하지만 졸업을 기점으로 내가 먼저 꿈과 멀어지기 시작했다. 입사하고 싶었던 광고 회사에 줄줄이 떨어지면서 나는 닥치는 대로 여기저기에 이력서를 넣었고, 마침내 대기업 마케팅팀에 입사했다. 반면 K는 졸업을 미루고 어학연수를 떠났다.

우리는 결국 헤어지고 말았다. 칠 년이 지난 지금, SNS 속 K는 아내와 두 살짜리 딸과 행복한 일상을 보내는 중이었다. 사진 속 딸은 전 남자친구와 똑같이 생겨 섬뜩함마저 들었다. 거리에서 우연히 마주쳐도 K의 딸이라는 걸 한눈에 알아볼 수 있을 정도였다.

K의 SNS 계정에는 대부분 딸 사진이 올라와 있었고, 나머지는 거의 직장 생활에 관한 사진이었다. 꿈꾸던 대로 광고 회사에 취직해 카피라이터가 되어 있던 것이다. 자신이 쓴 카피가 새겨진 제품 사진을 올리거나 텔레비전 광고 캡처 화면을 올렸다. 나는 마트에서 그 제품들을 마주할 때마다 이상한 기분에 휩싸였다. 사실 K의 SNS 계정에 들어가지 않으면 아무것도 모른 채 그냥 지나칠 일이었다.

문득 정신을 차린 나는 서둘러 우산 물기를 탈탈 털고 들어가 엘리베이터 버튼을 눌렀다. 잠시 후 엘리베이터 문이 열리자 아까 내게 주소를 물어보았던 퀵서비스맨이 안에 서 있었다. 빈손으로 나오는 퀵서비스맨은 내 옆을 빠르게 지나갔다. 헬멧 안에서 씩씩거리는 숨소리가 귓가를 스쳐 갔다.

사무실로 들어가자 눅눅한 공기가 느껴졌다. 말리려 펴 둔 우산이 바닥 곳곳에 놓여 있었다. 비좁아진 통로를 지나 내 자리로 가 앉았다. 팀장과 L씨는 보이지 않았다. 회

의실에서 회의 중인 듯했다.

자리에 앉자마자 사내 메일을 확인했다. 오전 반차로 부재중인 사이에 열 개가 넘는 메일이 도착해 있었다. 거래처 미팅 자료들, 다른 팀 직원의 오후 반차 알림, 급하게 처리해야 할 업무들…… 그리고 낯선 이름의 메일이 하나 눈에 띄었다. 다른 부서 직원의 결혼 알림이었다.

"무미 씨는 여기 그만두려면 꼭 결혼하고 그만둬. 축의금 뿌린 건 돌려받아야지."

회사 동료 중 기혼자들이 내게 하던 말이었다.

이 회사로 이직했을 즈음 친구의 소개로 만나기 시작한 남자친구가 있었다. 나와 남자친구는 둘 다 서른이 넘었고, 주변에서는 결혼을 언제 하느냐며 성화였다. 정작 우리는 결혼에 대한 이야기를 누구도 먼저 꺼내지 않았다. 그러다 시간이 흘렀고, 어느 순간 우리는 얼떨결에 결혼식을 올리고 있었다. 결혼식이 모두 끝난 뒤 밀려드는 허탈감에 어쩔 줄 몰랐다.

미팅 자료를 출력하고 있는데, 낯선 여자가 쭈뼛쭈뼛 다가왔다. 고개를 돌리자 젊은 여자가 흰 봉투를 내밀고 있었다. 청첩장이었다. 메일로 결혼 소식을 알린 회계 부서 직원이었다. 직원은 민망한 웃음을 지어보이며 청첩장을 건넸다.

나도 저 직원과 똑같은 웃음을 지어보인 적이 있다. 끔찍이 하기 싫었지만 동료들의 말대로 적지 않은 축의금을 포기할 수는 없었다. 또다시 하라고 하면 절대 하지 못할 단 한 번의 일이라고 생각했다.

그 여자는 내 주변 빈자리에 청첩장을 놓아두고는 다시 쭈뼛쭈뼛 걸으며 다른 팀이 있는 곳으로 갔다. 나는 출력한 자료와 청첩장을 들고 자리에 앉았다. 청첩장은 봉투를 뜯지도 않은 채 책상 한구석에 치워 놓고, 자료를 보면서 삼십 분 후에 있을 미팅 준비에 전념했다.

거래처 미팅 담당자는 H였다. H는 일 년 전 나의 결혼식 때 하객으로 왔었다. 일정상 신혼여행으로 자리를 오래 비워야 했으므로 어쩔 수 없이 결혼 소식을 알려야 했

다. H의 방문은 예상 밖이었다. 거래처 사람 중 하객으로 온 사람은 H만이 유일했다.

신혼여행에서 돌아와 진행하던 업무를 마무리했고, 그 후로 H와 연락할 일은 딱히 없었다. 그리고 일 여년이 지난 오늘, H를 다시 만나게 된 것이다.

"얼굴이 더 핀 것 같아요. 신혼 생활 어때요? 좋아 보이는데요."

나는 민망한 얼굴로 H에게 인사하고 서둘러 화제를 전환했다.

"지금은 비 그쳤죠? 오는데 불편하지는 않으셨어요? 장마 시작인가 봐요."

"무미 대리님 결혼식 때도 비가 많이 왔었죠."

나는 놀란 표정으로 H의 얼굴을 보았다.

"그걸 어떻게 기억해요?"

"그날 우산을 안 들고 가서 옷이 홀딱 젖었거든요. 새로 산 옷이었는데."

살짝 미소 짓는 H의 얼굴을 보자 결혼식 기념사진이 떠

올랐다. H는 내 친구들과 직장 동료들 사이에 어정쩡한 자세로 서 있었다. 사진을 보면서 H의 표정이 참 어색하다고 생각했던 게 떠올랐다. 다시는 볼 수 없게 된 그 사진은 지금쯤 아마 친구들의 핸드폰 어딘가에서 떠돌고 있을 것이다.

*

계단을 오르자 무언가 썩는 냄새가 코를 찔렀다. 계단을 마저 오르고 육교를 건너다 냄새의 원인을 알았다. 죽은 비둘기 사체가 바닥에 널브러져 있던 것이다. 육교 지붕에 부딪힌 후 떨어져 점점 숨이 끊어진 모양이었다.

날갯죽지 사이로 빨간 피가 묻어 있었고, 밟힌 흔적 없이 떨어진 모습 그대로였다. 좀 더 가까이 다가가 비둘기 사체를 가만히 들여다보았다. 언제 죽었는지 정확히 알 수 없지만 얼마 되지 않은 듯 보였다. 일 분 정도 비둘기를 봤을까. 그사이에 육교를 건너는 사람은 아무도 없었다.

지붕이 있는 육교였다. 양옆에 손잡이가 있고, 지붕과 손잡이 사이는 뚫려 있는 모양새였다. 이 동네에 이사 온 이후 출퇴근 시간에는 건너편 버스 정류장으로 가기 위해 무조건 이 육교를 이용했다. 밤에는 인적이 드물었고, 지붕이 있어 더욱 어두침침했다. 건널 때마다 누군가가 뒤에서 쫓아오지는 않을까 괜한 걱정에 위축되곤 했다.

고개를 들어 지붕을 자세히 살펴봤다. CCTV는 없었다. 주변을 둘러보면 짙은 어둠과 자동차 소리만 가득할 뿐이었다. 악취를 견디지 못한 나는 서둘러 계단을 내려갔다.

내가 사는 아파트 단지는 삼십 년 전에 지어진 저층 주공아파트다. 재건축을 앞두고 주민들의 이주가 시작되었다. 잠에서 깨고 나면 빈집이 늘어났다. 아침에 집을 나서면 이삿짐센터 차량이 여기저기에 주차되어 있었고, 길게 뻗은 사다리를 통해 집에 있던 이삿짐들이 밖으로 빠져나왔다.

이 집은 나와 전남편의 신혼집이었다.

지금은 전남편의 흔적이 거의 남아 있지 않다. 남편이

이혼하면서 자신과 관련된 모든 물건을 다 가지고 갔기 때문이다. 손톱깎이와 일회용 밴드까지 몽땅. 그런데 한 가지 가지고 가지 않은 게 있다.

고양이.

전남편이 십 년 넘게 키워 온 반려동물이라고 했다. 대학 시절 하숙집 근처에서 만난 길고양이가 유난히 자신에게 친근하게 다가왔고, 매일매일 먹이를 챙겨주다가 결국 집으로 들여와 같이 살기 시작했다고. 마침 그날 한국 대 독일 월드컵 경기가 있던 날이어서 이름을 '독'이라고 지었다고 했다.

"개도 아닌데 무슨 독?"

"똑 떨어지는 어감을 들으면 자꾸만 부르고 싶지 않아? 나는 너무 마음에 드는데. 우리 고양이랑 정말 잘 어울리는 이름이야."

동물 알레르기가 있는 나는 그 고양이와 친해지지 못했다. 만날 때마다 재채기를 하는 바람에 고양이도 굳이 나에게 다가오지 않았다. 나는 그 고양이를 볼 때마다 독을

품고 있는 마녀를 상상했다. 생김새도 눈이 날카롭게 찢어진 게 꼭 마귀할멈처럼 보였다.

그런데 그런 고양이와 단둘이 살게 되다니. 고양이를 어쩔 수 없이 떠맡게 되자 내 인생은 도무지 갈피를 잡을 수 없는 지경에 이르고 말았다.

"다른 건 다 놓아두어도 좋으니까, 제발 고양이만은 가져가."

나직이 내뱉은 내 말에 전남편은 말했다.

"미안. 독이 이 집을 너무 좋아해서."

나는 알고 있었다. 나를 떠나고 함께 살 여자가 반려동물을 질색한다는 것을. 나 또한 질색했지만 전남편에게는 그렇게 보이지 않았던 걸까. 나는 어쩔 수 없이 고양이를 거둘 수밖에 없었다. 내가 아니면 이 고양이를 맡을 사람은 아무도 없었으니까. 고양이를 맡은 이후로 나는 가끔 도로의 맨홀 뚜껑을 열고 고양이를 구멍으로 쑤셔 넣는 내 모습을 상상했다.

베란다에서 아파트 단지를 보면 온통 어둠뿐이었다. 한

동에 불 켜진 집이 거의 두세 개 정도였다. 텅 빈 주차장, 희미해진 가로등 불빛, 버려진 자전거들, 베란다 창문에 노란색 테이프로 붙여진 X 표시들이 으스스한 분위기를 자아냈다.

나는 맨 꼭대기인 5층 3호에 산다. 처음 이사 왔을 때 가구를 들여놓는 데 꽤나 애를 먹었다. 엘리베이터가 없어 이동하기 힘든 것은 기본이고, 세탁기, 냉장고 사이즈가 현관문보다 큰 바람에 이삿짐센터 직원들의 불만을 들어야 했다.

이 집에서 신혼 생활을 시작한 건 조합원이었던 전남편의 부모님이 해외로 나가게 되면서다. 우리가 결혼하자 남편 부모님은 미국으로 갔다. 남편의 동생 부부가 박사 과정을 밟고 있는 곳에 잠시 머물기로 한 것이다. 아파트 이주 완료일이 한참 지날 때까지 머물기로 해서 우리는 빈집에 들어가 살기로 했다. 여러모로 생각했을 때 무리해서 대출을 받는 것보다 더 좋은 선택 같았다. 하지만 이 집에 살기 시작하자마자 여기저기서 불편한 점들이 불

쑥불쑥 얼굴을 내밀었다. 천장에서 물이 새는가 하면 수돗물에서 녹물이 나와 피부가 가려웠다. 게다가 늘 윗집에서 뛰어노는 아이들의 소음에 시달려야 했다. 그뿐만이 아니었다. 남편과의 관계에도 점점 균열이 일어났다. 연애할 때는 알지 못했던 면들이 서로를 당황스럽게 했다. 곧 허물어지고 없어져버릴 아파트처럼 우리는 매일매일 서로의 마음을 빼내고, 덜어내고, 비웠다.

결국 결혼 후 일 년도 채 되지 않은 시점에서 남편과 나는 완전히 등을 돌렸고, 우리는 이혼하기로 결정했다. 남편은 새집을 얻어 그곳에 살겠다고 했다. 그리고 나는 여기에 남기로 했다. 결혼 자금으로 모아 놓은 돈을 다 써버려 집을 장만할 수 있는 형편이 되지 않았기 때문이다.

이 모든 사실은 나와 전남편 말고는 아무도 모른다. 전남편은 해외에 있는 부모님이 한국에 들어오면 그때 말하겠다고 했다. 나 또한 부모님에게 차마 말하지 못했다. 여자는 결혼하고 아기를 낳아 가정을 꾸리고 사는 게 가장 큰 행복이라고 믿는 분들이니까. 이혼했다고 하면 하늘이

무너지는 줄 아는 분들이니까 말이다. 사실 우리는 혼인 신고를 하지 않아 서류상으로는 깨끗했다. 직장 사람들과 친구들에게는 소식을 알릴 적당한 시기를 천천히 알아보기로 했다.

집에 들어오자 쌓여 있는 살림거리들이 나를 압박해 왔다. 말라버린 화분, 수명이 다해 켜지지 않는 형광등…… 시간을 잃어버리고 멈춰버린 것들만 잔뜩 쌓여 있었다. 게다가 전남편의 자동차 신호 위반 과태료 영수증까지. 알고 싶지 않은 전남편의 근황을 이런 식으로 알게 되다니, 한숨이 나왔다.

오늘도 어김없이 고양이 털과 씨름했다. 집 구석구석을 청소기로 밀고, 물걸레로 닦으면서 곳곳에 들러붙어 있는 털들을 떼어냈다. 털과의 전쟁은 끝이 없었다. 거실 러그, 방 침대와 이불, 내 옷까지. 털들이 촘촘히 들러붙어 있었다. 털도 골치 아팠지만, 배변 전용 화장실에 들어갔던 고양이가 발에 묻히고 나오는 모래 먼지도 문제였다. 똥오줌이 묻은 모래를 발바닥에 묻혀 와서는 식탁이나 싱크

대, 냉장고까지 올라가며 나를 약 올렸다. 오늘도 고양이는 나를 보자마자 털을 폴폴 날리면서 여기저기를 돌아다녔다. 그러고는 연신 재채기를 해 대는 나를 빤히 쳐다보았다.

그때 초인종 소리가 들렸다.

"누구세요?"

"캣맘이시죠?"

문을 열자 고양이를 품에 안은 젊은 여자가 서 있었다. 처음 보는 여자였다. 여자는 자리에 서서 선량한 얼굴로 내게 말했다.

"입주자 이주 시기가 끝나기 전까지 길고양이들을 이주시키는 계획을 세우고 있어요. 중성화 수술도 하고 있고요. 저희와 함께하실 수 있는지 여쭤보려고 왔어요. 캣맘만 보면 너무 반가워서, 실례인 줄 알지만 이렇게 불쑥 찾아왔네요."

캣맘이라니. 고양이와 같이 살고 있긴 하지만 내가 고양이를 키우는 게 아니라 내가 고양이 집에 얹혀사는 기

분이었다. 캣맘이라는 명칭은 내게 적합하지 않았다.

"이 집에 고양이가 있는지는 어떻게 아셨죠?"

"얼마 전에 봤어요. 고양이랑 산책하고 들어가는 모습을요. 잠시 후 이 집에 불이 켜지더라고요. 아시잖아요. 이 동에 남은 집이 두 세대뿐인 거. 실제로 지금까지 재건축 단지에서 지내던 길고양이들은 건물이 철거되면 미처 도망가지 못하고 그대로 죽는 경우가 많대요. 철거를 눈치채고 도망치더라도 로드킬을 당하거나, 영역 다툼에서 밀려나 다치고 죽기도 하고요."

분리수거 하러 나갈 때 고양이가 따라온 모습을 본 모양이었다.

"아, 정말 좋은 일을 하고 계시네요. 그런 일을 하는 분들이 있는 줄 미처 몰랐어요. 그런데 좀 갑작스러워서…… 한번 생각해볼게요."

"네, 생각해보고 연락주세요. 제 연락처예요. 바로 이 옆 동 3층 1호에 살고 있어요."

연락처가 적힌 쪽지를 건네받은 나는 문을 닫고 거실로

들어와 하던 청소를 마저 했다. 내가 이사 가면 저 고양이는 어떻게 해야 할까. 계속 미뤄두었던 질문이었다. 마땅한 대안이 없었으니까. 그런데 어쩌면 아주 최선의 방법으로 저 고양이와 헤어질 수 있겠다는 생각이 들었다. 그때 문득 퇴근길 육교에서 본 비둘기 사체가 떠올랐다. 사체 썩는 냄새가 여기까지 흘러 들어오는 것 같았다. 나는 청소를 대충 마무리하고 화장실로 들어가 몸을 씻었다.

*

"너무 솔직한 거 아니야? 그걸 굳이 말하고 돌려줄 필요가 있을까?"

"솔직하긴. 이 회사 오래 다니려면 그게 옳은 거지. 아주 양심적인 사원이야."

회사에서는 모이기만 하면 모두 같은 이야기를 나누었다. 얼마 전에 청첩장을 돌렸던 회계 부서 직원이 또 전체 메일을 돌린 것이다.

식을 치른 뒤 형식적으로 돌리는 감사 인사 메일이 아니었다. 자신이 부득이한 이유로 파혼을 했으니 축의금을 모두 돌려주겠다는 내용이었다. 그 메일을 본 회사 사람들은 회의 시간에도 이 주제에 대해 저마다 의견을 내세우며 격렬히 토론했다.

"그나저나 그 돈을 어떤 방법으로 다시 돌려주겠다는 거야? 원래 축의금은 각자의 월급에서 빠져나갔으니까 이번에도 다시 월급으로 되돌려주겠다는 건가?"

"아, 그러면 너무 좋겠네요. 꼭 보너스 받는 기분이겠다."

"나는 만 원밖에 안 냈는데…… 꼭 돌려받아야 하나? 난 안 받아도 상관없는데. 그것도 일이겠다."

"만 원도 모이면 엄청 큰돈이더라고요. 제가 해봐서 알잖아요. 그렇죠, 무미 대리님?"

L씨가 묻자 갑자기 모든 사람들의 시선이 나에게 쏠렸다. 나는 아무 말도 하고 싶지 않았다. 그런데도 사람들은 내 대답을 꼭 들어야겠다는 듯 내 얼굴을 뚫어지게 쳐다봤다.

"그나저나 요즘 무미 대리 표정이 안 좋아. 왜, 남편이랑 싸우기라도 했어? 신혼 얘기도 거의 안 하고 말이야. 뭔가 수상해."

팀장이 깐죽거리는 표정으로 나를 떠보았다. 나는 무표정한 얼굴로 대꾸했다.

"글쎄요. 저는 그 직원한테 축의금을 주지 않아서…… 저랑은 상관없는 얘기 같네요."

나는 도저히 회사에 더 있을 수 없어 오후 반차를 쓰고 퇴근했다. 괜한 죄책감이 들었고 뭔가를 크게 잘못한 것 같았다.

집으로 돌아오는 버스 안에서 깜박 잠이 들었다. 이혼을 숨긴 잘못, 축의금을 훔쳤다는 이유로 시말서를 써서 사장에게 제출하는 꿈을 꾸었다.

*

깊은 터널에 들어서듯 육교 계단을 올라갔다.

"휴, 집에 가고 싶다."

집으로 가고 있는데 습관적으로 이 말이 튀어나왔다. 이 도시로 이사 온 이후로 입버릇처럼 되뇌는 말이다. 결혼한 이후부터 자꾸만 집을 잃어버린 듯한 느낌이 들었다.

비둘기 사체는 일주일이 지나도록 그 자리에 그대로 방치돼 있었다. 털이 빠져 맨몸이 드러나 있었고, 그곳에 모여든 하루살이들이 우글거렸다. 더 고약해진 냄새가 코를 찔렀다. 며칠 전 많은 비가 내렸지만 지붕 때문에 사체가 빗물에 쓸려 내려가지도 못한 모양이었다. 내가 치워버릴까 하는 생각이 들었지만 괜한 짓이었다.

나는 냄새를 잊기 위해 노래를 부르기 시작했다. 노래를 부르면 입으로만 숨 쉬고 코로는 숨을 쉬지 않아도 됐기 때문에 냄새가 느껴지지 않았다. 큰 소리로 노래를 부르고 있는데 저 앞에서 누군가가 걸어오고 있었다. 주변이 어두워 형체가 잘 보이지 않았다. 노숙자인가? 혹시 성범죄자가 아닐까? 별별 생각이 들었다. 나는 노래를 멈추고 황급히 핸드폰을 꺼내 112번을 누른 후 엄지손가락을

통화 버튼에 가까이 댔다. 잠시 후 반대편에서 걸어오는 검은 형체의 모습이 핸드폰 액정 불빛에 비쳐 서서히 드러났다.

몸이 왜소한 백발의 할머니였다. 고양이를 두 팔로 꼭 안고 있는.

캣맘이다!

바짝 긴장됐던 몸이 순식간에 녹았다. 할머니에게 다가가려 하던 찰나, 고양이와 눈이 마주쳤다. 노란 눈동자가 섬뜩했다. 당장이라도 나에게 달려들 것만 같았다. 할머니는 이 시간 어디로 가는 중일까? 이 아파트 단지에 남은 조합원일까? 산책 중인 걸까?

할머니는 가만히 서서 비둘기 사체를 오랫동안 바라보았다. 저 할머니가 사체를 치우려는 걸까? 할머니는 한 자세로 움직이지 않고 그저 비둘기 사체를 응시했다. 코를 찌르는 악취에도 아랑곳하지 않았다. 몇 분간 사체를 가만히 바라만 보더니 가던 길을 마저 걸어갔다. 어둡고 조용한 밤, 고양이의 가르릉 거리는 소리가 옅게 들려 왔다.

나도 할머니를 등지고 멈추었던 노래를 다시 부르며 새까만 육교 끝을 향해 뛰어갔다.

텅 빈 주차장을 지나 집으로 들어가던 나는 잠시 멈춰섰다. 핸드폰으로 '동물 사체 수거'를 검색해보니 구청으로 전화해 민원을 넣으면 빠른 시간 내에 처리해 준다고 했다. 바로 구청으로 전화해 민원 사항을 이야기했다. 육교의 위치와 비둘기 사체의 모습을 구체적으로 설명해주고 전화를 끊었다.

부동산에 들러 여기저기 이사 갈 집을 알아보고 오는 길이었다. 옆 동네 신축 빌라 원룸 두 채를 보았는데, 둘 다 마음에 들지 않았다. 이주 완료일은 점점 다가오는데, 마땅한 집이 없었다. 방이 너무 좁거나 그렇지 않으면 화장실이 마음에 들지 않았고, 둘 다 좋으면 집 앞에 CCTV가 없는 등 방범이 좋지 않았다. 부모님께 경제적으로 도움을 받을 수도 없었다.

결국 가구와 가전제품 중 꼭 필요한 것만 남기고 대부분의 혼수들을 모두 중고로 팔기로 했다. 가구와 가전제

품들을 하나하나 사진 찍었다. 전남편과 이것들을 함께 고르고 샀을 때가 생각났다. 전남편은 지금 새집에서 잘 살고 있겠지.

사진을 다 찍고 노트북을 켠 뒤 중고나라 인터넷 카페에 들어가 글을 올렸다. 이렇게 팔면 과연 얼마나 벌 수 있을까? 한숨을 크게 내쉬자 고양이가 무언가를 감지했는지 내 곁으로 다가왔다. 문득 측은한 마음이 들어 고양이를 쳐다보며 말했다.

"너는 중고나라 카페에 차마 올릴 수는 없고…… 그때 이 집에 찾아왔던 캣맘에게 부탁할게. 걱정 마."

그리고 고양이의 이름을 나직이 불러보았다. 그동안 단 한 번도 불러보지 않았던 이름.

독.

독.

독독.

독독독.

계속해서 이름을 부르는 내 말소리가 마치 '똑똑' 하고

문을 두드리는 소리처럼 들렸다. 그러자 고양이는 고개를 들어 내 눈을 빤히 쳐다보았다. 나도 한참 동안 고양이의 얼굴을 들여다보았다. 어쩐 일인지 마음 한구석이 아려왔다. 고양이와 이렇게 서로의 눈을 깊게, 오래 마주친 건 처음인 듯했다.

중고나라 카페에 사진과 게시 글을 모두 올렸을 때, 핸드폰으로 문자가 왔다. 한밤중에 누구일까. 바로 문자를 확인했다. 구청에서 보낸 비둘기 사체 처리 완료 알림이었다. 이렇게 빨리 처리될 수 있는 걸, 그동안 왜 아무도 신고하지 않았던 걸까? 나 외에는 아무도 그곳을 지나치지 않았던 건가.

노트북 전원을 끄고 침실로 가 몸을 뉘었다. 하루의 고단함이 모두 풀리는 것 같았다. 늘 그랬듯 핸드폰을 켜고 SNS를 살펴보았다. 엄지손가락을 위아래로 움직이며 팔로우 한 사람들의 사진들을 보았다. 모두 반짝이는 금요일 밤을 보내고 있었다. 그리고 나는 무심코 전 남자친구의 SNS 계정 주소를 검색했다. 차마 팔로우는 할 수 없으

니 이렇게 검색해서 들어가 몰래 엿보곤 했다. 의미 없는 습관처럼. 그냥 매일 하는 양치질처럼 그렇게.

전 남자친구는 마침 오 분 전에 새로운 사진을 올려놓았다. 나는 그 사진을 오랫동안 보고는 시선을 떼지 못했다. 갑자기 눈에서 눈물이 흐르기 시작했다. 도저히 멈출 수 없을 것처럼 눈물이 볼을 타고 흘렀다.

그때 손등에서 간지러운 촉감이 느껴졌다. 고양이가 다가와 꼬리를 살랑거리고 있던 것이다. 고양이 털이 이렇게나 부드러웠나. 나는 재채기를 크게 한 번 한 뒤 양손으로 고양이 털을 가만가만 쓰다듬었다.

평일의 비행

나는 정오를 사랑한다. 정오는 나의 피아노, 정오는 나의 빨대, 정오는 나의 손톱. 수많은 나날을 함께했던 정오. 정오와 함께 있는 지금도 나는 정오가 그립다.

정오와의 첫 만남을 나는 선명히 기억한다.

입사 첫날, 나의 첫 과제는 회사의 전 임직원들에게 인사하는 것이었다.
출근하자마자 어느 자리에 앉아야 할지 몰랐던 나는 우선 면접을 보았던 회의실에 들어가 앉았다. 삼십 분이나 일찍 온 데다 할 일도 없어 핸드폰만 만지작거렸다. 벽에

는 신제품 생크림 파이 광고 포스터가 붙어 있었고, 구석에는 뜯지 않은 파이 박스가 너저분하게 쌓여 있었다.

나는 화장실을 다섯 번 들락날락하며 소변을 누고, 화장을 고쳤다. 사무실을 한 바퀴 빙 둘러보기도 했는데, 거의 모든 자리가 비어 있었다. 나보다 일찍 온 직원은 딱 한 명이었다. 머리가 살짝 벗겨진 젊은 남자였다. 그 남자는 자리에 앉아 꾸벅꾸벅 졸고 있었.

오전 8시 50분이 되자 직원들이 하나둘 도착하기 시작했다. 회의실 문이 투명해 바깥이 훤히 보였다. 사무실로 들어오는 사람들의 얼굴을 일일이 쳐다보았다. 나이는 대부분 삼십 대 중후반 정도 되어보였고, 옷차림은 정장보다는 캐주얼에 가까웠다. 그중 내 또래로 보이는 사람은 단 한 명이었다. 나보다 어려 보이는 긴 머리의 젊은 여자였다.

잠시 후 면접관이었던 부장님이 들어오는 모습이 보였다. 내게 태어난 생시를 묻고, 남자친구가 있는지 여부와 결혼 및 출산 계획까지 물어보았던 중년 남자였다. 나는

그 기억이 무척 불쾌했는데, 질문에 대한 답변을 철저히 준비하고 면접에 임하긴 했다. 질문들이 예상과 너무 딱 들어맞아 전형적인 기업이라는 인상이 강하게 박혀 실망스러웠지만 내게 이 기회는 매우 절실했다.

그런데 부장님 얼굴을 보자마자 불쾌한 감정은커녕 오래된 친구를 본 것처럼 반가움이 밀려들었다. 회의실에서 재빨리 달려나가 인사했다.

— 안녕하세요, 부장님!

부장님은 내 얼굴을 빤히 쳐다보았다. 누구인지 생각이 안 난다는 듯 고개를 갸웃거렸다.

— 홍보팀 신입 사원 명란희입니다.

— 아, 오늘이 첫 출근 날이구먼. 제법 일찍 왔군.

부장님은 짧게 대꾸하고는 금세 자기 자리를 향해 걸어갔다. 머쓱해진 나는 다시 회의실로 들어가 의자에 앉았다.

몇 분 지나자 젊은 여자가 회의실로 들어왔다. 아까 보았던, 유일한 내 또래의 여자 직원이었다. 그 여자는 자신

을 따라오라고 말한 뒤 뒤돌아 걸어갔다. 나도 서둘러 가방을 챙기고 여자를 따라 사무실 안쪽 깊숙이 들어갔다. 여자는 왼쪽 방에 있는 빈자리로 나를 안내하며 말했다.

— 여기에 가방 놓으시면 돼요.

자리를 보자 실망스러움이 왈칵 밀려왔다. 주변에 아무도 없는, 섬처럼 떨어진 자리였다. 파티션으로 둘러싸인 책상 하나가 방 한가운데 덩그러니 놓여 있었다. 책상 앞에는 작은 원형 테이블이 놓여 있었다. 여기저기 코팅이 벗겨진 낡은 것이었다.

— 여기가 제 자리인가요?

내 물음에 여자가 살짝 고개를 끄덕였다. 나는 책상으로 가까이 다가갔다. 두껍게 쌓인 먼지, 코드가 뽑혀 있는 컴퓨터, 빈 휴지 곽이 보였다. 앞으로의 회사 생활이 대략 짐작되는 듯했다. 여자는 내게 따라오라고 하면서 4층 사무실 문 쪽으로 걸어갔다. 나는 의자에 가방을 놓고 서둘러 여자를 따라갔다.

우리는 엘리베이터 앞에 나란히 섰다. 어색한 침묵이

흘렀다.

― 저는 마케팅부 2팀 진은이에요.

진은 씨는 이전에도 신입 사원들의 인사를 여러 번 안내해 준 것처럼 표정이나 행동이 익숙해보였다.

총 6층짜리 건물이었다. 1층은 로비, 관리 사무실, 카페가 들어서 있었고 2층부터 6층까지 이 회사의 여러 부서가 자리 잡고 있었다. 이렇게 많은 자리 가운데 내 자리가 있다니. 내 마음이 다시 감격으로 벅차올랐다. 이 순간을 가능한 오랜 시간 누리고 싶었다.

학교를 졸업하고 이 년 동안 취업에 성공하지 못한 이유가 마치 이 회사에 입사하기 위해서인 것만 같았다. 오리안느 제과 회사. 별자리 이름에서 유래된 이 회사는 한국에서는 꽤 유명한 식품 회사였다. 그뿐만 아니라 '오리안느'는 전 세계적으로 사랑받고 있는 브랜드 네이밍 중 하나였다. 스위스의 유명한 천문학 잡지 이름, 미국에서 개발 중인 유인 우주선 이름, 영국의 출판사 이름, 스웨덴의 가장 큰 극장 이름, 핀란드의 유명 제약회사 이름…….

한국 오리안느 회사의 로고에 그려져 있는 일곱 개의 별에는 전 세계적으로 공유되는 신비로운 비밀이 숨겨져 있는 것 같았다.

사실 내가 이 회사에 입사하고 싶었던 가장 큰 이유는, 회사 건물이 현재 살고 있는 집과 비교적 가까운 곳에 있기 때문이었다. 지금 살고 있는 원룸의 전세 계약 만료일이 얼마 남지 않은 시점이었다. 집주인은 얼마 전 전세에서 월세로 전환하겠다고 통보했는데, 내게 월세는커녕 이사 비용을 감당하기 어려울 정도로 수중에 자금이 없었다. 이사할 다른 동네를 알아봤지만 지금 살고 있는 집의 가성비가 가장 좋았다. 때마침 채용 사이트에 신입 사원 상시 모집 공고가 올라와 있었다.

진은 씨와 나는 가장 먼저 5층에 있는 사장실로 갔다. 떨리는 마음으로 사장실의 문을 두드렸다. 하지만 문을 열고 들어간 곳에는 사장님이 없었다. 잠시 자리를 비운 모양이었다. 이어서 4층으로 내려가 본격적으로 직원들에게 인사하기 시작했다. 마케팅부, 영업부, 회계부, 기획

전략부, 디자인부, 사회 공헌부, 엔터테인먼트 사업부, 해외 사업부 등을 순차적으로 돌았다.

진은 씨는 방에 들어갈 때마다 한가운데 서서 나를 옆에 세워두고 직원들을 향해 큰 소리로 외쳤다.

— 홍보팀 신입 사원 명란희 씨 인사드립니다.

옆에 서 있던 나는 떨리는 목소리로 크게 외쳤다.

— 열심히 일하겠습니다. 잘 부탁드립니다!

나를 쳐다보는 사람은 한두 명뿐이었다. 직원들의 뒤통수들은 정지 화면처럼 움직이지 않고 가만히 있었다.

가는 곳마다 조용했다. 진은 씨는 함께 건물을 돌아다니는 내내 건조한 표정으로 내게 아무런 말도 건네지 않았다. 나는 침묵을 견디지 못하고 조심스럽게 물었다.

— 저…… 제가 지금 몇 번째인가요?

— 네? 몇 번째…… 라니요?

— 그동안 인사시켜 준 직원 말이에요. 제가 몇 번째예요?

— 글쎄요. 세어보지 않아서 모르겠는데요.

평일의 비행

잠시 침묵이 흘렀다. 내가 괜한 걸 물어본 것 같았다. 진은 씨는 쉬지 않고 움직였다. 난 어색한 웃음을 짓고는 진은 씨를 따라 마지막으로 인사할 곳인 6층으로 올라갔다.

나는 4층에 있는 홍보팀 소속이었다. 그동안 이 회사의 채용 공고를 유심히 지켜보았는데, 거의 석 달에 한 번꼴로 공고가 올라오는 걸 보고 어딘가 수상쩍다고 느꼈다. 홍보팀의 규모가 어느 정도기에 이렇게 계속 채용하는 걸까. 사람들이 금세 그만두는 걸까. 그러기에는 이 회사의 규모와 복지 수준, 연봉이 동종 업계에서 중상위권에 속해 있었고, 취업 관련 커뮤니티에 올라오는 입사자들의 평을 보면 만족스럽다는 글이 많았다. 이 회사에 입사 지원서를 낼 때 나는 사실 이 회사 저 회사를 가릴 처지가 아니었다. 스물아홉의 내가 갈 수 있는 곳은 많지 않았다. 마침내 합격 통보를 받았을 때 어떤 일이 있어도 꼭 버텨내리라는 각오를 단단히 했다.

6층 회계부를 마지막으로 인사는 싱겁게 끝났다. 회계부에서는 준비해 온 통장과 신분증을 건네주었고, 출퇴근

시 필요한 지문 등록을 했다. 오 분 넘게 지문 등록이 안 되어 애를 먹었다. 내 지문이 이렇게 닳았었나. 불안할 때마다 엄지와 검지를 부딪치는 습관 탓인 듯했다. 앞으로는 불안할 일이 없으니 지문도 다시 원상회복되지 않을까. 나는 이 회사의 모든 것들이 무조건 좋기만 했다.

인사는 그저 형식적인 절차에 지나지 않는 듯했다. 진은 씨는 다시 4층으로 내려가 수고했다는 말 한마디만 남긴 채 자신의 자리로 걸어갔다. 걸어가는 진은 씨의 뒷모습을 오랫동안 바라보았다. 또다시 이야기 나눌 기회를 만들겠다고 다짐하면서.

내 자리로 돌아오니 오전 10시였다. 본격적인 업무를 하지도 않았는데 벌써 피곤했다. 의자에 풀썩 앉아 등을 기댔다. 무엇을 해야 할지 난감했다. 업무 지시는 누가 해주며, 결재 승인은 누구에게 부탁해야 하는 걸까. 진은 씨에게 정작 중요한 건 묻지 않았다는 사실을 깨달았다.

우선 뽑혀 있는 컴퓨터 코드를 콘센트에 꽂은 후 전원을 켰다. 컴퓨터를 켜면 뭔가가 있겠지 하는 생각이었다.

예상은 적중했다. 바탕 화면에 '인수인계'라는 txt 파일이 보였다. 반가운 마음에 당장 파일을 열어보았다. 하얀색 화면의 문서가 열리자 딱 한 줄의 문장이 보였다.

'석 달만 버텨봐. 그럼 인정해줄게.'

황당했다. 업무에 관련된 문장은 전혀 보이지 않았다. 다른 파일이 있을지 몰라 폴더를 뒤져보았지만 아무것도 발견하지 못했다. 후임자에게 엿을 먹이려는 의도로 모든 파일을 다 지운 것처럼 보였다. 도대체 무슨 일이 있었던 걸까. 궁금해 하고 있는데, 갑자기 중년 남자의 목소리가 들려왔다.

— 여기 혹시 지하 창고에 갇힌 직원 있어요?

안경을 쓴 까치 머리의 남자가 사무실을 돌아다니며 직원들에게 물었다. 무심코 질문하던 남자는 나를 보더니 미소 지으며 말을 걸었다.

— 새로 왔어요?

남자는 이제까지 만났던 사람들 중 가장 친절한 태도로 나를 대했다.

― 네, 홍보팀 신입 사원 명란희입니다!

― 그럼 지하 창고는 어디 있는지도 모르겠구먼.

남자는 나를 보며 피식 웃고는 뒤돌아 다른 팀 쪽으로 걸어갔다. 남자는 그곳에서도 같은 질문을 반복했다.

― 여기 혹시 지하 창고에 갇힌 직원 있어요?

나는 그 모습을 슬쩍 지켜보았다. 모두 자리에 앉은 채 한마디씩 물었다.

― 지하 창고에 갇힌 직원을 왜 여기서 찾으세요?

― 지하 창고 열쇠가 없어졌거든. 갑자기. 이게 도대체 어디로 간 거야.

남자는 들릴 듯 말 듯 조그만 목소리로 대답하고는 4층 출입구 문을 열고 나갔다.

나는 다시 자리로 돌아와 가방에서 물티슈를 꺼내 책상을 닦았다. 아침 출근길 지하철역 앞에서 받은 물티슈였다. 필라테스 학원에서 나누어 준 것으로, 겉면에 광고 스티커가 붙어 있었다.

'한 달만 버티면서 운동하면 다이어트 성공!'

여기저기서 나에게 버티라는 주문을 외고 있는 듯했다. 이미 각오를 굳게 했는데도 괜히 마음이 흔들렸다. 마치 버티면 안 된다는 말을 저마다 우회적으로 하고 있는 기분이었다.

어지러운 생각을 떨쳐내고 물티슈로 책상, 테이블, 창문, 창틀에 낀 먼지, 얼룩진 벽까지 구석구석 깨끗하게 닦았다. 더러워진 물티슈를 버리려는데 쓰레기통이 보이지 않았다. 탕비실까지 걸어가 커다란 쓰레기통에 물티슈를 버렸다.

그때 여기저기서 부산스러운 소리가 들렸다. 사람들이 일어나 밖으로 나가는 중이었다. 자리에 돌아와 시계를 보니 오후 12시였다.

나도 지갑을 챙기고 문 쪽으로 걸어갔다. 나가기 전에 사무실을 한 바퀴 돌아보았다. 누군가의 기척 소리가 들려 돌아보니 아침에 봤던, 머리가 살짝 벗겨진 남자 직원이 자리에 앉아 혼자 도시락을 먹고 있는 모습이 보였다. 남자의 낄낄거리는 웃음소리가 나지막이 들려왔다. 이어

폰을 끼고 핸드폰으로 동영상을 보고 있는 것 같았다.

아무도 나에게 점심 식사에 대해 묻지 않았다. 어느 누구도 같이 먹자고 하지 않았다. 진은 씨는 평소 누구와 점심을 먹을까? 화장실에서 마주치면 용기 내서 같이 먹자고 말해야겠다고 생각했다.

회사 밖으로 나와 건물 맞은편 골목으로 무작정 걸었다. 대형 교회를 지나자 주택가가 나왔다. 오토바이 정비소, 고양이 카페, 학교, 놀이터……. 평범한 동네였다. 놀이터 의자에 앉아 핸드폰의 지도 어플을 켰다. 꽤 멀리 왔다고 생각했는데, 회사에서 500미터도 떨어지지 않은 곳이었다. 주변을 돌아보았다. 높은 건물 꼭대기 뒤로 회사의 옥상이 빼꼼 보였다.

긴장이 풀린 나는 가만히 앉은 채 눈을 감았다. 뜨거운 햇볕이 온몸으로 내리쬐었다. 첫 출근으로 경직됐던 몸과 마음이 사르르 녹는 것 같았다.

나는 점심시간이 끝나기 삼십 분 전에 자리로 들어와 앉았다. 사무실은 무척 조용했다. 탕비실로 가서 사람들

이 사용하고 놓아둔 컵을 설거지했다. 정수기와 커피 머신 등 지저분한 곳을 물티슈로 깨끗하게 닦았다.

입사 첫날 이후 사내 메신저를 통해 진은 씨에게 이것저것 궁금한 점을 물었다. 연차 사용에서부터 전자 결재 올리는 방법, 택배 송장 출력 방법까지. 진은 씨는 익숙한 듯 친절하게 알려주었다. 그러나 내 자리로 와서 가르쳐 준 적은 단 한 번도 없었다. 메일이나 메신저로만 대화했고, 내가 질문할 때마다 적절한 답변이 적혀 있는 파일을 메일로 전송해주었다. 그 문서들 안에는 내가 궁금해 할 만한 정보들이 깔끔하게 정리되어 있었다. 더는 진은 씨에게 물어보지 않아도 될 정도였다.

가끔 점심을 같이 먹자고 청하기도 했지만, 진은 씨는 매번 약속이 있다며 거절했다. 복도나 화장실, 엘리베이터에서 우연히 마주칠 땐 나를 못 본 척 고개를 푹 숙이고 지나갔다. 점점 나에게 거리를 두는 것 같았다. 매일 일찍 출근해 진은 씨 책상에 초콜릿과 과자, 음료수를 놓아

두고 메모를 남기기도 했지만, 고맙다는 인사는 돌아오지 않았다.

내 직속 상사는 사장님이었다. 결재도 사장님에게 바로 올렸다. 연차원부터, 외근원, 야근원, 지출결의서까지 모두. 사장님은 내 일거수일투족을 알고 있는 셈이었다. 사장님 외에 상사가 한 명 더 있기는 했다. 입사 첫날 내게 지하 창고에 갇힌 직원의 행방을 물었던 남자. 알고보니 그 남자가 나의 유일한 팀원이자 상사였다. '과장'의 직함을 달고, 홍보팀에 속해 있는 사람. 바로 사장님의 운전기사였다. 얼마 전 탕비실에서 다른 팀의 팀원들끼리 나누는 이야기를 엿듣고 알게 된 사실이다.

입사 이후로 한 달 정도 지날 때까지, 나는 매일 아홉 시에 퇴근했다. 전임자가 인수인계를 제대로 해 놓지 않은 탓에 스스로 터득해야 하는 일들이 많았다. 회사의 SNS 채널 관리, 콘텐츠 업로드, 파워 소비자층 관리, 언론사 기자 상대, 보도 자료 작성 등. 도저히 혼자서는 해낼 수 없는 업무량을 소화해야 했다. 홍보 업무는 매출에 직

접적인 영향을 주지 않다 보니 회사에서 홍보팀의 입지가 매우 좁은 것 같았다. 인력은 한 명이면 충분하다고 생각하는 모양이었다.

  월간 회의에 참석하고, 주로 기획 전략부나 디자인부 사람들과 교류하며 조금씩 친분을 쌓아 갔지만, 의지할 동료나 상사가 없어 오래 버티기는 어려운 자리였다. 석 달에 한 번씩 채용 공고가 올라오는 이유를 알 것 같았다.

  아침부터 내내 정오가 되길 간절히 기다렸다. 출근하자마자 가장 먼저 한 일은 점심시간에 어디에 갈지 고민한 것이었다. 입사한 지 석 달째. 오늘은 바로 내가 수습사원에서 정규직으로 전환된 날이었다. 정규직으로 전환된 사실도 누군가가 알려주는 게 아니라, 위에서 별다른 말이 없으면 자동 전환이 된 것으로 간주하는 시스템이었다. 나는 자축하는 의미로 근처 미용실에 가서 긴 머리를 짧게 자르기로 했다. 한 번도 머리를 짧게 잘라본 적이 없었는데, 이미지 변신을 시도하기로 마음먹은 것이

다. 이제까지 버틴 내가 스스로 대견하기도 했고, 앞으로도 새로운 마음으로 잘 버텨보자는 의미였다. 또 분위기를 전환해서 동료들 사이에서 이야깃거리를 만들고 싶기도 했다.

하염없이 시계를 바라보았다. 끼니는 자리에 앉아 김밥을 먹으며 때웠다. 남은 일은 정오가 되기를 간절히 기다리는 것뿐이었다.

내 주변에 놓인 여러 개의 시계를 뚫어져라 쳐다보았다. 벽시계, 탁상시계, 손목시계⋯⋯. 한 달에 한 번 물품 구입을 할 때면 꼭 시계를 주문했다. 내가 물품 구입을 담당하게 되면서부터 소소하게 누리는 행복이었다. 원래는 진은 씨 담당이었는데, 내가 입사한 이후로 바로 넘겨받았다. 한 달에 한 번씩 사내 메일로 전체 공지를 띄우면, 직원들이 문구 판매 사이트에 들어가 원하는 물품을 장바구니에 넣어 놓았다. 그러면 나는 회계부의 최종 승인을 받고, 카드로 결제하여 배달을 받아 나눠주면 끝이었다.

나는 제법 값이 나가는 벽시계를 구입한 적도 있었는

데, 회계부에서는 이런 나를 제지하지 않았다. 직원들이 많다 보니 일일이 물품 사는 것까지는 신경 쓰지 않는 것 같았다.

드디어 모든 시계의 시곗바늘이 정오를 가리켰다. 두 개의 침이 포개져 일자를 만드는 그 순간을 보고 있노라면 마음이 평온해졌다. 모든 바늘이 한 방향을 향하는 모습. 그 모습을 보는 일은 하루 중 그 어떤 업무보다 가장 중요하게 생각하는 일이었다. 시곗바늘이 하나로 겹치는 순간은 마치 시간이 나에게 경계를 만들어주는 것처럼 느껴졌다. 지금부터는 온전한 자유인이라고. 네 마음대로 해도 된다고 이야기하는 듯했다.

점심시간이 되면 나는 혼자 밖으로 나가 근처 곳곳을 산책했다. 다행히 이 회사는 좋은 입지에 있었다. 주변에 카페는 물론이고 한강, 미술관, 영화관, 서점, 미용실 등이 있었다. 카페는 안 가본 곳이 없었고, 영화관에 가서 영화 상영 중간에 들어가 끝나기 전에 나온 적도 있었다. 네일 숍에 가서 네일 아트를 받거나, 주짓수나 클라이밍 학원

에 등록해 일일 강습을 받기도 했다.

갈 곳을 정할 때는 '정오의 데이트'라는 어플을 활용했다. 직장인들을 위해 점심시간에 누릴 수 있는 곳을 안내하는 어플이었다. 사진 찍기 좋은 곳을 안내하거나 짧은 시간 동안 즐거움을 누릴 수 있는 일일 엑티비티 이용권을 판매하기도 했다. 점심시간은 내 회사 생활의 중심이었다. 이 회사에 천천히 뿌리를 내릴 수 있도록 버틸 힘을 주는 단비 같은 시간이었다.

오늘 가기로 한 미용실은 유명 연예인들이 자주 다니는 곳으로 잘 알려져 있었다. 예약과 할인권 구입까지 모두 어플을 통해 해 놓았다.

시곗바늘이 정오를 가리킨 것을 확인하자마자 나는 곧장 밖으로 나가 미용실로 향했다. 회사에서 오 분 거리에 있는 곳이었다. 직원의 안내에 따라 거울 앞 의자에 앉아 가운을 걸쳤다. 잠시 후 미용사가 다가왔다. 윗옷에 달린 이름표를 보고 부원장이라는 사실을 알 수 있었다.

부원장은 머리를 자르는 내내 귀찮게 나에게 이것저것

물어봤다.

— 이 동네에 사세요?

— 아뇨, 근처 회사에 다녀요. 점심시간에 짬 내서 왔어요.

— 그렇구나. 상사 스트레스 엄청 심하죠? 제가 여기 부원장인데, 직원들 눈치 보느라 그것도 스트레스예요.

— 글쎄요. 팀에 저 한 명밖에 없어서…….

— 오, 그럼 완전 좋겠네요.

— 아, 아니다. 저 말고 과장님 한 분 계시는데…….

— 과장님?

— 좀 덜렁대세요. 열쇠도 가끔 잃어버리고.

나는 시큰둥하게 대답한 뒤 하품을 늘어지게 하고는 눈을 감았다.

머리를 다 잘랐다는 부원장의 말에 눈을 떠 거울을 보았다. 머리를 보자 마음에 들었다. 하마터면 점심시간을 망칠 뻔했는데, 그나마 다행이었다.

사무실에 돌아온 나는 화장실을 자주 들락날락했다. 변화된 내 모습을 자꾸 보고 싶었다. 사실 그보다는 회사

사람들에게 내 존재를 환기하고 싶은 마음이 컸다. 진은 씨를 마주치기도 했다. 나는 반가운 얼굴로 진은 씨를 보며 웃었지만, 진은 씨는 나를 본체만체하고 지나쳤다. 다른 사람들도 모두 눈인사만 할 뿐 내 머리에 대한 언급은 하지 않았다. 문득 실망감이 밀려왔다. 그러나 곧 괜찮아졌다. 내게는 정오를 가리키는 시계, 그리고 점심시간이 있으니까.

다음 날 오전에도 여느 때와 같이 업무를 서둘러 마치고 정오가 되길 기다렸다. 오늘은 왠지 다른 때보다 점심시간이 더욱 간절히 기다려졌다. 시곗바늘의 초침이 움직이는 모습을 뚫어지게 바라보았다. 출근길에 '정오의 데이트' 어플을 보면서 점심시간에 갈 곳을 골라 놓은 터였다.

옆 건물에 새로 생긴 전시관이었다. 세계적인 영화 음악가의 작업물을 아카이브 형식으로 모아 놓은 전시였다. 옥상에 루프탑 카페가 있어 전시를 다 돌아본 뒤 올라가

헤드셋을 끼고 음악을 들으며 멋들어지게 휴식을 취할 수 있었다. 인스타그램으로 검색해보니 이미 전시관에 다녀온 사람들이 올려놓은 사진과 후기들을 제법 여러 장 볼 수 있었다. 특히 루프탑 카페의 평이 좋았다. 그곳에서 찍은 사진이 무척이나 근사했다.

점심시간까지 삼십 분 정도 남아 있었다. 회사 옥상에 올라가면 옆 건물의 루프탑 카페가 보일 것 같았다. 나는 잠시 회사 옥상에 올라가 그곳에 사람이 많은지 적은지 살짝 보고 오기로 했다. 만약 사람이 많으면 다음으로 미루고 오늘은 다른 데를 알아볼 생각이었다.

회사 옥상에 올라가는 건 처음이었다. 예전에는 주로 흡연자들이 옥상에 올라가 담배를 피운다고 했다. 그런데 일주일 전, 사장이 갑자기 대대적인 '금연'을 발표하면서 옥상에 올라가는 사람들도 줄어든 모양이었다. 사장은 흡연하는 게 발각되면 고과 점수를 깎는다고 했다. 사장의 친척이 폐암으로 세상을 떴고, 장례식장에 다녀온 후 갑작스럽게 선언한 것이다. 직원들은 부당하다며 말이 많았

지만, 어느 누구도 반박하지 못하고 수긍했다. 그 이후로 흡연자 대부분이 금연을 시작했고, 몇몇은 비상구에서 몰래 숨어 피운다고 했다. 물론 이것도 화장실에서 다른 직원들이 나누는 이야기를 엿듣고 알게 된 정보였다.

6층으로 올라갔다. 계단을 한 층 더 올라가 닫혀 있는 옥상 문 앞에 섰다. 손잡이를 잡고 돌리자 문이 스르륵 열렸다. 담배 냄새가 훅 끼쳐 왔다.

천장이 없는 확 트인 공간에 들어서니 가슴이 뻥 뚫리는 기분이 들었다. 초록색 페인트로 칠해진 옥상에서는 하늘이 바로 보였다. 이 좋은 곳을 왜 이제야 발견했을까 싶을 정도로 좋았다. 옥상에는 아무도 없었다. 구석에 놓인 쓰레기통, 치우지 않은 담배꽁초와 가래침만 보일 뿐이었다.

나는 옆 건물의 루프탑 카페를 찾아 옥상을 돌아다녔다. 반 바퀴 돌자, 옆 건물 옥상 카페에 앉아 휴식을 만끽하는 사람들이 보였다. 그 사람들은 따사로운 햇살을 받으며 헤드셋을 끼고 눈을 감은 채 평일 대낮의 평화로움

을 누리고 있었다. 전시를 보러 온 사람들이 제법 많은지, 사람들이 끊임없이 카페로 올라오고 있었다.

그때였다. 문이 끼익 닫히는 소리가 들렸다. 누가 들어왔나? 깜짝 놀라 출입구 쪽으로 가보았다. 살짝 열어두었던 문이 굳게 닫혀 있었다. 당황한 나는 손잡이를 잡고 돌리며 문을 당겼다. 그런데 이상했다. 문이 열리지 않았다. 손잡이가 계속 헛돌았다. 있는 힘을 다해 손잡이를 당겨봐도 문은 꿈쩍하지 않았다. 문은 불투명 철제문이었다. 나는 두 손으로 주먹을 쥐고 마구 문을 두드렸다.

— 밖에 누구 없어요?

문득 핸드폰을 책상 위에 놓고 왔다는 사실을 깨달았다. 소리를 질렀다. 온통 침묵뿐이었다. 문에 귀를 대고 조용히 귀를 기울였다. 아무런 소리도 들리지 않았다.

시간이 얼마나 흘렀을까. 옥상으로 올라오는 직원은 없었다. 이곳엔 나 혼자뿐이었다. 내가 지금 옥상에 있다는 사실을 아는 사람은 아무도 없었다. 사장은 왜 하필 지난주에 금연하라는 지시를 내린 걸까.

만약 오늘 오후 내내 이곳으로 담배를 피우러 오는 사람이 없다면 나는 어떻게 되는 걸까? 갑자기 공포감이 밀려들면서 온몸이 오들오들 떨렸다.

그때 옆 건물 옥상 카페에서 누군가가 나를 바라봤다. 나는 절실한 마음으로 두 손을 번쩍 들어 흔들었다. 그런데 그 사람은 곧 자신의 핸드폰을 들어 사진을 찍기 시작했다. 내 위로 펼쳐진 하늘, 전봇대 전깃줄, 하늘을 날아가는 비둘기……. 그 사람은 사진을 찰칵 찍더니 옆 사람에게 고개를 돌려 이야기를 나누었다.

주변이 점점 어두워지기 시작했다. 나는 밤하늘의 별을 언제 봤는지 떠올려보았다. 어둠 속에서 고요하게 반짝이던 별. 대학 첫 엠티 때, 다 같이 모여 앉아 봤던 별이 떠올랐다. 왠지 오늘은 원 없이 별을 봐야 할 것만 같은 예감이 들었다.

| 평론

낯선 순간과 파국, 깨달음 뒤 계속되는 삶

-

김지윤

문학평론가

1. 일상의 균열과 늦은 깨달음

문득 친숙한 일상이 너무 낯설어져 놀랄 때가 있다. 마치 매일 지나던 산책길이 사실 원래 알던 그 모습이 아니라는 걸 깨닫는 순간처럼. 우리는 주변을 의식하지 않은 채 익숙한 길을 별 생각 없이 걸어 다니곤 한다. 자신이 원하던 삶이 아닌 상황에 순응하는 삶을 살 때 시간은 무의미하게 흘러가는 풍경처럼 내 옆을 스쳐 지나간다. 그러다 갑자기 어떤 날카롭고 낯선 순간이 찌르듯 틈새로

파고들어 오고, 그 자리에 견고하게 존재한다고 생각한 것들에 순식간에 균열이 생긴다. 그렇게 틈새가 많았던가 싶을 정도로 온통 구멍과 틈투성이라는 걸, 뒤늦게 깨닫는다. 언제나 깨달음은 그것을 알아야 할 때보다 더 늦게 온다.

라유경의 두 편의 소설 「육교 산책」과 「평일의 비행」은 문득 자기 삶을 신산한 눈빛으로 바라보게 되는 주인공의 이야기를 담고 있다.

인생의 결정들이 내 손이 아닌 다른 사람들의 손에서 이루어지고 있으며, 내가 알던 것들은 다 제대로 된 게 아니라는 깨달음을 얻고 나면 삶은 불편해진다. 그동안 인식하지 못하던 것들을 하나씩 다시 들여다보아야 하고, 갑자기 그 모든 것들의 초라하고 볼품없는 진실이 결핍과 모순과 위태로움을 드러내며 눈앞에 펼쳐지는 까닭이다. 그러면 지극히 불쾌하고 허무한 기분이 된다. 그럼에도 이 삶은 계속되어야 하기 때문에.

2011년 한국일보 신춘문예로 당선된 라유경은 등단작

에서 최근작에 이르기까지 외부와 소통하지 못하고 자기 삶과 불화하면서도 거기에서 벗어나지 못하는 주인공들을 그려내곤 했다. 신춘문예 당선 소감에서도 "주변부로 밀려난 인물들에게 자연스럽게 관심이 간다"고 말했던 그녀는 "그들에게 관심을 갖고 그들의 이야기를 대신 해주는 것"이 문학이라는 생각을 밝히기도 했다. 밀려난 인물들이 '주변'에서 무엇을 하고 있는지에 대한 깊은 관심은, 그들이 일상의 문제를 인식하지 못하다가 문득 삶의 본모습을 꿰뚫어보게 되고 서서히 주변부를 탈피하려 하는 그 '순간'에 집중된다. 자발적이든, 비자발적이든, 의식적이든 무의식적이든 그들이 무력한 삶에서 벗어나는 때가 오기 위해서는 먼저 깨달음이 있어야 한다. '너무 늦은 깨달음이라도 좋다'고 작가는 말하고 있는 듯하다. 어쨌든 계속 살아가야 한다는 사실이 괴롭고 허탈하더라도, 그 삶은 이전의 삶과는 분명 다를 것이기 때문이다.

2. 파탄 위의 평범한 삶 — 그저 견디며, 미루며 살기?

「육교 산책」의 주인공 '나'는 삼 년째 다니는 회사이지만 주소를 외우지 못한다. "출퇴근하는 길만 알면 충분"했으며 "그저 늘 가던 길 그대로 몸의 움직임을 따라가다 보면 어느새 목적지에 도착"해 있었던 것이다. 그런 주인공이 유일하게 외우고 있는 주소는 전 남자친구의 SNS 계정 주소뿐이다. 몇 년 전 무심코 이름을 검색해보다 우연히 찾은 전 남자친구 K의 계정은 차마 팔로우를 할 수 없었기 때문에 어쩔 수 없이 매번 주소를 쳐서 들어가다 보니 외워졌다. "K의 SNS 계정에 들어가지 않았다면 아무것도 모른 채 그냥 지나칠 일"이었지만 그의 일상을 알아가며 나는 "이상한 기분에 휩싸인다." 헤어진 남자의 '현재' 모습은 사실 지금의 나와는 아무 관련이 없다. 작가의 표현 그대로 "의미 없는 습관"이지만 나는 매일 그가 올리는 사진을 들여다본다. K의 삶의 면면들은 사실 주인공이 인생에서 잃어버린 것들을 의미한다. 잃어버린 사랑,

상실된 꿈, 어쩌면 실현할 수 있었지만 놓쳐버린 삶의 기회들. 그는 대학생 때 같이 꾸었던 꿈대로 광고회사에 들어갔고, 내가 아닌 다른 사람과 가정을 꾸려 나와 꿈꾸었던 인생을 살고 있는 것이다. 주인공이 현재의 회사 주소와 집 주소를 외우지 못하면서도 전 남자친구의 SNS 계정 주소를 외우는 것은 그런 의미에서 상징적이다.

'무미'라는 주인공의 이름도 그 삶의 무미(無味)함을 상징하는 듯하다. 심지어 결혼생활도 말 그대로 '무미건조'했다. 이 회사로 이직하며 친구 소개로 만나게 된 남자와 나이가 찼으니 결혼하라는 주변의 성화에 떠밀리듯 "얼떨결에 결혼식을 올리고" 말았던 것이다. 그래서 결혼식 이후 "밀려드는 허탈감에 어쩔 줄 몰"라 하고 결국 1년도 안 된 시점에 혼인신고도 하지 않은 채 이혼하게 된다. 인생의 주체가 되지 못한 채 내린 결정들은 결국 자신이 통제하지 못하는 삶의 파탄으로 이어진다.

아무 생각 없이 몸이 기억하는 대로 걸어 다니던 출퇴근길에서 주인공의 발걸음을 멈추게 한 것은 육교에 진동

하는 코를 찌르는 썩은 냄새와 육교 지붕에 부딪쳐 죽어 있는 비둘기 사체다. CCTV도 없는 육교에서 비둘기가 어떻게 죽었는지 알 길은 없다. 그저 견딜 수 없는 악취만이 비둘기의 죽음의 증거가 될 뿐이다.

주인공은 30년 전에 지어진 주공아파트에 살고 있다. 재건축을 앞두고 한참 주민들의 이주가 계속되고 있어 떠난 사람들이 두고 간 버려진 것들로 가득 차 있다. 아무도 관리하고 있지 않은, 사람들이 떠나는 재건축 아파트의 "으스스한 분위기"는 껍데기만 남아 있는 '신혼집'에 어울린다. "곧 허물어지고 없어져버릴 아파트처럼" 나와 남편은 매일 서로에게 남아 있는 "마음을 빼내고 덜어내고 비웠"기 때문이었다. 결국 아무것도 남지 않아 헤어지게 된 것이지만, 결혼 자금으로 모아 놓은 돈을 다 써서 갈 데가 없었던 나는 이주시점까지 재건축 아파트에 남기로 했다. 내가 이곳을 떠나는 시점 역시 스스로 결정할 수 있는 게 아닌 셈이다. 결국 떠밀려서 이곳에서 나가게 될 때까지 무력하게 여기서 살 수밖에 없다.

새로운 여자와 살기 위해 자신과 관련된 모든 물건을 다 빼내 이사하며 '나'의 남편이 오로지 딱 한 가지 갖고 가지 않은 것이 키우던 고양이 '독'이다. 동물 알레르기가 있어 만날 때마다 재채기를 하는 바람에 고양이와 친해지지 못한 나이지만 고양이를 "어쩔 수 없이 떠맡게 되자 내 인생은 도무지 갈피를 잡을 수 없는 지경에 이르고" 만다.

"말라버린 화분, 수명이 다 해 켜지지 않는 형광등…… 시간을 잃어버리고 멈춰버린 것들만 잔뜩 쌓여 있"는 집에서 고양이 털과 날마다 씨름하는 나는 도무지 맞지 않는 공간에서 이미 의미를 상실한 생활을 그저 관습처럼 계속하고 있다.

재건축 아파트에 살고 있는 길고양이들을 이주시키려는 계획에 동참해달라는 한 여성의 방문을 받고 "어쩌면 아주 최선의 방법으로 저 고양이와 헤어질 수 있겠다"는 생각을 하며, 주인공은 퇴근길 육교에서 본 비둘기 사체를 떠올린다. 왜 하필 그 순간에 죽은 비둘기와 "사체 썩는 냄새"가 집 안까지 흘러드는 생각을 한 것일까? 천장

이 있는 육교에서 미처 하늘로 날아가지 못하고 부딪쳐 죽은 비둘기가 자기와 맞지 않은 공간에 잘못 들어와 죽게 된 것처럼, 자신의 삶 역시 자기 손에서 벗어나 파국에 처해 있지만 여전히 삶의 주체가 되어 해결하지 못하고 무기력하게 그 파탄의 폐허 위에 놓여 있기 때문인 것으로 보인다.

나는 고양이를 어떻게 처리해야 할지 모르는 것처럼, 이혼 소식을 사람들에게 알리지도 못한 채 차일피일 미루며 시간만 보내고 있다. 지극히 평범한 일상이 가장 큰 위태로움 위에 놓여 있다는 사실을 깨닫지 못한 채로. 일주일이 지나도록 방치되어 있는 비둘기 사체처럼 조용히 썩어가고 있다. 사체 옆을 지나갈 때마다 그저 회피하고만 싶던 진실을 마주하게 된 건 고양이를 팔로 꼭 안은 채 비둘기 사체를 오랫동안 바라보는 할머니를 만난 순간이다. 코를 찌르는 악취에도, 그 죽음을 가만히 바라보고 있는 할머니를 보며 나는 그동안 자신이 냄새를 잊으려고 노래를 부르거나 하며, 거기에 엄연히 놓여 있는 죽은 몸

을 못 본 척하며 지나갔듯 자신의 현실을 받아들이길 기피했다는 사실을 깨닫는다. 그리고 인터넷을 검색해 동물 사체 수거를 구청에 의뢰하고 이사 갈 집을 알아본다. 그리고 한 번도 불러본 적 없는, 고양이의 이름을 불러본다. "독. 독. 독독. 독독독"이라고 고양이의 이름을 부르는 동안 "말소리가 마치 '똑똑' 하고 문을 두드리는 소리처럼" 들린다고 생각한다. 늘 무관심했던 고양이와 오래 시선을 교환한다. 그리고 습관처럼 전 남자친구 K의 계정에 "매일 하는 양치질처럼" 접속했다가 그의 새로운 사진을 보고 갑자기 눈물이 터지기 시작한다. 그동안 의미 없이 무심하게 접속해왔지만, 사실 K의 계정에 매일 들어왔던 것은 자신이 잃어버린 꿈과 사랑과 삶의 가능성이 거기에 있었기 때문이었다는 뼈아픈 진실이 문득 엄습해온 것이다. 그때 고양이의 부드러운 털이 손등에 느껴진다. "독(毒)"이라고 생각했던 고양이의 이름이 마치 문 두드리는 소리와 같다는 것을 깨달은 것처럼 삶의 새로운 국면이 펼쳐질 수 있을 것이다. 재채기를 하면서도, 나는 고양이

를 가만가만 쓰다듬는다. 더 이상 견디며, 미루며 살 수는 없다. 비록 너무 늦었지만, 그래도 깨달은 순간 다시 이전으로 돌아갈 수는 없으니.

3. 비행(非行) 혹은 비행(飛行)

"나는 정오를 사랑한다. 정오는 나의 피아노, 정오는 나의 빨대, 정오는 나의 손톱. 수많은 나날을 함께했던 정오. 정오와 함께 있는 지금도 나는 정오가 그립다."로 시작하는 소설 「평일의 비행」은 '정오'에 대한 궁금증을 불러일으킨다. 정오는 누구인가? 주인공의 사랑을 받고, 취미이자 사치품이자 필수적인 존재인, 끊임없는 갈증과 그리움을 주는 정오라는 존재는 과연 무엇인가? 그러나 작품을 읽어 내려 가다보면 '정오'가 사람이 아니라는 것을 알게 된다. 정오는 말 그대로 낮 12시다.

'나'는 대학 졸업 후 2년 만에 '오리안느' 홍보팀에 취직

이 되었다. 거의 세 달에 한번 꼴로 공고가 올라오는 것을 보고 미심쩍기는 했지만 월세 낼 돈도 없고 스물아홉 살 나이에 회사를 가릴 처지도 아니어서 원서를 냈고, 합격 통보를 받았을 때는 "어떤 일이 있어도 꼭 버텨내리라는 각오를 단단히 했다."

그러나 실제의 회사 생활은 그리 녹녹하지 않고, 전임자는 "후임자에게 엿을 먹이려는 의도로 모든 파일을 다 지"우고서 "석 달만 버텨봐. 그럼 인정해줄게."라는 글만 남겨놓고 간데다 사람들은 아무도 친절하지 않다. 지하 창고 열쇠가 없어지자 "지하 창고에 갇힌 직원 있어요?" 하고 돌아다니는 과장님은 직원이 지하 창고에 갇히는 것보다 창고 열쇠가 없어진 것이 더 문제라는 식이고 주인공에게 처음 회사 안내를 해준 진은 씨는 유일하게 아는 사람이라 친해지고 싶지만, 나에게 거리를 둔다.

처음엔 "이 회사의 모든 것들이 무조건 좋기만 했"던 나는 의지할 동료나 상사도 없이 홀로 홍보팀에서 고군분투하며 매일 아홉 시까지 일하다보니 "석 달에 한 번씩 채용

공고가 올라오는 이유를 알 것 같"다는 생각을 하게 된다.

 삼 개월만 버티자, 라는 다짐이 이루어진 날 나는 수습사원에서 정규직으로 전환되고 그때부터 정오에 대한 애정은 변함없이 계속된다. 정오가 되길 하염없이 기다리다 점심시간이 되면 혼자 밖으로 나가 근처 곳곳을 산책하는 게 유일한 낙이었기 때문이다.

"모든 시계의 시곗바늘이 정오를 가리"키는 때는 유일하게 일상을 벗어날 수 있는 자유의 시간이다. 소설 속에서는 이렇게 표현된다. "두 개의 침이 포개져 일자를 만드는 그 순간을 보고 있노라면 마음이 평온해졌다. 모든 바늘이 한 방향을 향하는 모습. 그 모습을 보는 일은 하루 중 그 어떤 업무보다 가장 중요하게 생각하는 일이었다." 시곗바늘이 하나로 합쳐지는 순간 "지금부터는 온전한 자유인이라고. 네 마음대로 해도 된다고 이야기하는 듯"해서 나는 정오가 되는 순간을 간절하게 기다린다.

 카페, 한강, 미술관, 영화관, 서점, 미용실이 가까운 입지에 있는 회사라, 나는 "정오의 데이트라는 어플"을 활용

하여 점심시간에 누릴 수 있는 온갖 일들을 찾곤 했는데 3개월이 된 그 날은 미용실에 가기로 한다. 새로운 마음으로 잘 버텨볼 힘을 얻고, "동료들 사이에서 이야깃거리를 만들고 싶기도 했"기 때문이었다. 그러나 막상 머리를 자르고 돌아갔을 때 사람들은 아무도 자른 머리를 알아보거나 언급하지 않고 깊은 실망감 속에서 주인공은 자신의 고립되고 소외된 삶을 문득 인식하게 된다.

그 깨달음은 일상을 서서히 균열시켜서, 나는 "다음 날 오전에도 여느 때와 같이 업무를 서둘러 마치고" 난 후 "왠지 다른 때보다 점심시간이 더욱 간절히 기다려"지는 자신을 발견한다.

점심시간까지 삼십 분 정도 남은 시점에 나는 오늘 정오에 방문할 예정인 옆 건물 전시관의 루프탑 카페를 보고 오려고 회사 옥상에 올라간다. 옥상은 확 트인 공간에 하늘이 바로 보여 "가슴이 뻥 뚫리는 기분"이 드는 곳이어서 나는 "이 좋은 곳을 왜 이제야 발견했을까 싶을 정도로 좋"다고 생각한다.

낯선 순간과 파국, 깨달음 뒤 계속되는 삶

옆 건물 옥상 카페에서 "따사로운 햇살을 받으며 헤드셋을 끼고 눈을 감은 채 평일 대낮의 평화로움을 누리고 있"는 사람들을 보며 정신이 팔려 있는데 갑자기 문이 닫히는 소리가 들리고, 당황해 문의 손잡이를 돌리며 당겨보지만 문은 굳게 닫힌 채 열리지 않는다. 스마트폰도 책상 위에 놓고 왔고 내가 옥상에 있는 사실을 알고 있는 사람은 아무도 없다.

"만약 오늘 오후 내내 이곳으로 담배를 피우러 오는 사람이 없다면 나는 어떻게 되는 걸까?"라고 생각하자 두려움이 엄습한다. 내가 가고 싶었던 옆 옥상 카페는 이제 갈 수 없는 곳이 되었고, "너무 좋은 옥상"에 갇히고 만 순간 주인공은 자신의 처지를 절실히 깨닫는다. 일상과 완전히 차단되어야 살고 싶은 새로운 세상이 비로소 열릴 수 있다는 것을. 뒤집어 말하면, 이렇게 극단적인 단절이 없이는 벗어날 수 없는 일상이라는 뜻이 되기도 한다.

'정오'는 "시간이 나에게 경계를 만들어주는 것처럼 느껴"지는 시간이었다. '정오'를 옥상에 갇힌 채로 맞이한다

는 것은 다시 되돌아갈 수 없다는 의미에서 잠깐의 일탈이 아닌 비행(非行)이 된다. 정오는 내가 희망을 품을 수 있는 유일한 시간인데 그것이 예기치 않게 연장되는 지점을 맞이한 것이다. 이 소설의 제목은 「평일의 비행」이다. '비행'은 한자 표기가 달려 있지 않지만 비행(非行)으로 짐작된다. 그러나 옥상에서 바라보는 하늘과 "하늘을 날아가는 비둘기"에 머무는 나의 시선을 놓고 볼 때 그 마음이 경계를 넘어, 경계를 무화시키며 자유롭게 날아가는 새처럼 "비행(飛行)"하고 있다는 뜻으로도 읽힌다. 옆 건물 루프탑 카페의 사람들은 나를 보지 못하고 비둘기와 새를 사진으로 찍는다.

마음의 비행(飛行)은 일상이 정지된 순간에나 가능해진다. 주변이 어두워지면서 나는 밤하늘의 별을 언제 봤는지 떠올려본다. "대학 첫 엠티 때, 다 같이 모여 앉아 봤던 별"이 문득 기억을 헤집고 나와 마음속에 하나씩 돋아난다. "왠지 오늘은 원 없이 별을 봐야 할 것만 같은 예감"이 든다. 삶을 삶답게 만드는 '정오'가 '자정'까지 이어질 수

있는 기회가 주어지자, '별'을 상실하고 살아가야 하는 원래의 삶의 비루함이 새삼 상기된다. 정오의 시계, 하나로 포개진 바늘은 온전히 내가 나로 살 수 있는, 내가 되고 싶은 나와 현실의 내가 일치할 수 있는 시간을 의미한다. 정오의 시간으로의 탈주는 사실 비행(非行)이 아니라 원하는 삶을 살기 위해 일상에 날개를 달아주고 싶은 욕구를 반영한 행위다. '정오의 시간' 속에 깊이 잠긴 이후, 과연 이 비행(飛行) 후에도 나는 지상의 삶으로 온전히 돌아갈 수 있을까. 날개를 접고 다시 조용히 새장 안으로 깃들어야 할까. 문학은 때로 '정오의 시간'이 되곤 한다. 그러나 책장을 닫는 순간 해결되지 않은 질문들을 남긴 채 다시 삶은 계속될 것이다. 옥상에 갇혀 별을 헤아리게 되지 않는다면.

김지윤 시인. 문학평론가. 2006년 《문학사상》 신인상 시 부문, 2016년 〈서울신문〉 신춘문예 평론 부문에 당선되어 작품 활동을 시작했다. 2012년 시와시학상을 수상했다.

경기문학 28

평일의 비행

ⓒ 라유경, 2019

초판 1쇄 발행 2019년 8월 30일

지은이	라유경
펴낸이	김태형
펴낸곳	청색종이
등록	2015년 4월 23일 제374-2015-000043호
주소	서울시 영등포구 문래동2가 14-15
전화	010-4327-3810
팩스	02-6280-5813
이메일	theotherk@gmail.com

ISBN 979-11-89176-19-8 03810

이 도서의 국립중앙도서관 출판예정도서목록(CIP)은 서지정보유통지원시스템 홈페이지(http://seoji.nl.go.kr)와 국가자료공동목록시스템(http://www.nl.go.kr/kolisnet)에서 이용하실 수 있습니다.(CIP제어번호: CIP2019030442)

이 책은 경기문화재단, 한국문화예술위원회의 문예진흥기금을 보조받아 발간되었습니다. 저작권법에 따라 보호받는 저작물이므로 저작권자와 출판사의 허락 없이 복제하거나 다른 용도로 사용할 수 없습니다.

값 5,000원